MALDITOS SEJAM

MARCOS BARRERO

MALDITOS SEJAM

MALDITOS SEJAM

AUTOR: Marcos Barrero

DIRETOR DA ALMEDINA BRASIL: Rodrigo Mentz
EDITOR: Deonísio da Silva
ASSISTENTES EDITORIAIS: Alessandra Costa e Mary Ellen Camarinho Terroni
ASSISTENTES DE PRODUÇÃO: Larissa Nogueira e Letícia Gabriella Batista
ESTAGIÁRIA DE PRODUÇÃO: Laura Roberti

REVISÃO: Daboit Textos
CONCEPÇÃO GRÁFICA: Eduardo Faria/Officio

SUPERVISÃO GERAL: Deonísio da Silva e Marco Pace

ISBN: 9788563920379
Junho, 2023

Dados Internacionais de Catalogação na Publicação (CIP)
(Câmara Brasileira do Livro, SP, Brasil)

Barrero, Marcos
Malditos sejam / Marcos Barrero. -- São Paulo,
SP : Minotauro, 2023.

ISBN 978-85-63920-37-9

1. Contos brasileiros I. Título.

23-154267 CDD-B869.3

Índices para catálogo sistemático:

1. Contos : Literatura brasileira B869.3
Tábata Alves da Silva - Bibliotecária - CRB-8/9253

Este livro segue as regras do novo Acordo Ortográfico da Língua Portuguesa (1990).

EDITORA: Almedina Brasil
Rua José Maria Lisboa, 860, Conj.131 e 132, Jardim Paulista
01423-001 São Paulo | Brasil
www.almedina.com.br

Para Artur Azevedo, Lima Barreto, Raul Braga,
João do Rio, Juó Bananère, Antônio de Alcântara
Machado, Marques Rebelo, Antônio Fraga,
Marcos Rey e João Antônio

CONTÉM

1

2

3

4

1

Claudinha

Foi no enterro do desgraçado.
Esgueirou-se pelos muros do Chora Menino.
Espiou, de longe.
Cadê os filhos da puta que batiam no portão
os filhos de muitas camas
os filhos e pais de santo
os 15 vagabundos do Flor de Liz
os pingaiadas dos salões do Leão Azul.

Onde a família do fundão alagoano,
pai e mãe,
o irmão que virou pastor,
o cunhado de Seridó,
a cunhada de shortinho e bustiê
os padrinhos de todos os casamentos.

Onde os parceiros da firma,
o esquadrão do Vasquinho
o Xavier Fumaça
o plantel de vacas
os credores incrédulos
os inimigos pra cuspir no cadáver.

Viu três caras carregando o caixão.
Espiou e saiu.
- Sobrou uma alça, sorriu.

Princesa

Abraçou a garrafa de Campari e dançou no bar escuro.
Princesa
a deusa da minha poesia
ternura da minha alegria
nos meus sonhos quero te ver

Eita, porra!
Tenho tudinho dele, Luiz.
Meu rei.
LP, CD, DVD.
Escuto de manhã, antes de vir pra padoca.
Abro uma garrafa e fico ali.
Tem hora que é de foder.
Sou macho, Luiz,
mas dá vontade de enfiar o dedo no cu e rasgar.
Eita dor de corno.

Avisei lá em casa:
ninguém põe a mão no meu Amado.
Fiz cópia de tudo, só escuto com os pirata,
guardo os originais, um por um,
numa caixa dentro do guarda-roupa.
Mulé, fio, ninguém é louco de mexer.
Amado na terra, Deus no céu.
Morro com ele.
Tudo a gente troca, menos o Amado.
Time, brigo sim,

mas não sou de sair na faca,
um dia Fortaleza, outro Ceará.
Fio é provisório, logo vai embora,
uns nem voltam pro enterro da gente.
Mulé, tive muitas, ainda tenho,
mas passo tudo pra frente
antes que elas me passem pra trás.

Tropeça e afasta uma cadeira com o pé.
Dança de olhos fechados.

E agora não durmo direito pensando em você
Lembrando os seus olhos bonitos perdidos nos meus
Que vontade louca que eu tenho de vê-la comigo
Calar sua boca bonita com um beijo meu

Um avião pra Cumbica rola baixinho sobre a Cantareira.
Ele olha pra cima, procura o som e aperta mais o Campari
no peito.
Olha eu aqui:
zoado,
pé redondo,
biriteiro
bêbado, bebum, bebinho.
Sabe de uma coisa?
Pra você, eu falo, Luiz,
você me entende,
pra você eu falo,
nem meu pai eu beijo,
mas um dia, se eu ficar louco,

se eu tiver fodido, encadelado,
se eu tiver corneado, quebrado,
se eu tiver chumbado, triscado,
eu subo no palco e dou um beijo no Amado Batista.

O velho e a loirinha

O velho veio na frente.
Ela, loirinha, atrás, com um bercinho na mão.
O bebê era gorducho como todos os bebês.
Encostaram no balcão.
O velho tinha cabelos brancos e uma bic azul no bolso da camisa.
A loirinha era baixa, cabelos longos, bunda e peitos de comercial de TV.
O velho apontou a estufa de salgadinhos com o queixo.
- Não quero nada, ela disse.
- Um lanche, falou o velho.
Ela indicou, com a chave do carro, um Toddynho na prateleira.
- Só isso.
O velho saiu. Foi dar uma mijadinha. Voltou.
Passou a mão que pegou no pau na careca do bebê.
- Fofinho!
Ela sacudiu a caixinha. Como uma punheta. Furou e chupou o caldinho marrom.
Ele olhou para o atendente.
- Sai um enroladinho de peito de peru com queijo branco.
O velho comeu de boca aberta.
A loirinha chupou tudo até enrugar a caixinha de Toddynho.
Foram embora.
Ele na frente; ela, atrás, com a chave do carro e o bercinho na mão.

A filha da aeromoça

Escuta, Luiz, agora não falam mais aeromoça.
É comissária de bordo.
Sou do tempo da aeromoça, viu.
Conheci uma linda, linda, pena que não tenho foto.
Subia e descia com o casaquinho da Vasp.
Não era menina, Luiz, meio coroa como eu.
Eu ia pra Congonhas, pedia um café e ficava esperando.
Logo, lá vinha ela:
aquelas pernas, aquela bunda, arrastando a malinha.
O coração vinha na boca e eu mordia ele pra não pular fora.
Mexeu comigo, Luiz.
Fui pra casa dela com tudo.
Levei meus panos, meus remédios, cheques e cartões.
Pensei: arregaça, Amauri.
Luiz, a coisa era séria, mulher pra profissional como eu.
Não piso na bola nem cato papel no vento.
Sou cumpridor, Luiz.
Ela era uma festa.
Rasgava pelos cinemas da São João
Tinha o Mappin
Os azulejos da Salada Paulista
O Cine Cairo no Anhangabaú, só pegação e putaria.

A gente ia assim.
Abraçados, olhos nos cartazes do Cine Ipiranga
Lembrei agora: Eu e a Brisa.

Vimos o Johnny Alf com dois garotões num fliperama perto do Jeca.
Sábado dançava no Pira da Alameda Barros.
Amanhecia com faca e garfo num prato de rã no Parreirinha.
Outra vida? Não, não queria.
Um dia, pelada no espelho, ela me falou:
- Tou velha, você olha pras outras.
- Não fala assim.
- Vai embora logo.
- Não é verdade.
- Só uma coisa, ela disse.
- Diz, meu bem.
- Leva a menina, leva minha filha.
- A menina? Só tem 15 anos...
- Melhor ela do que outra.
- Não posso, querida.
- Você nunca me disse não.
- É um pedido?
- Assim fico perto de você.

João G.

Ficou em pé, diante dela: não diga isso.
Ela inclinou-se diante dele: isso não é vida.
Então, disse ele, só uma pequena petição te faço; não me rejeite.
Pede, minha cachorrinha, farei tudo.
Lançou-lhe, pois, uns olhos de cão aflito.
Ele disse, deu a palavra – sim, o reino era dela, e assim foi.
Aposentadoria, apartamentinho herdado, geladeira de inox novinha.
E ele disse que estava tudo certo:
domingo, depois da missa, prato de massa e taça de vinho na padaria.
Semana nova, perninha manca no ponto de ônibus.
No bolso, contas de luz, água e esgoto.
Bic azul vazando no bolso.
Palmeiras na TV na quarta à noite. Ela ali do lado, fingindo: gol!
Que é que falta, meu amor, ele disse, se trago pastel da Maria, linguiçinha ardida, pipoca colorida.
Até Nhá Benta da Kopenhagen uma vez por mês.

Doentinho: gago, perna dura, catarata no olho direito.
Que é que falta, meu amor?
Até Ravengar, o louco cabeludo, sabia.
Sabiam os esquecidos, os anônimos, os perebentos, os postes, os cães.

Sabiam os pregadores, os ambulantes, os catadores de todos os restos.
Sabiam os homens do gás, da água, da luz.
E disseram que ela pecou em casa, dela e alheia, em carro, posto de gasolina, banheiro de shopping, elevador e escada de prédio, tabernas e tabernáculos. Com este e aquele, e aquela, e demais.
Incansável potranca de cabelos loiros.
Me chama disso e daquilo, disse a todos.
O traste, fraquinho, não faz nada disso.
Tudo caído, flácido. Tem seios murchos, o desgraçado.
Esfrega as mãos enrugadas e pula em cima de mim.
Cueca e meias vermelhas.
Logo tosse, ofegante, e escapa pelado para o banheiro.
- Brocha!
Amanhã é outro dia, ele promete.
Deita e ronca, dentadura exposta, sambando na boca.

Albertinho da boina

Veio de Portugal.
Montou padaria e fez família na ZN.
Uma e outra no papel, assinado.
Prosperou.
Duas ou três vezes
visitou a aldeia dos pais em Trás-os-Montes e Alto Douro.
Vieram filhos e netos.
Aposentado, não quis ficar parado.
Virou gerente da Pão D'ouro, na Estrada da Conceição.
Foi lá que Ariedna apareceu.
Natural de Tanque d'Arca, Alagoas.
Cabelos longos, negros.
Minha graúna, ele dizia.
Fazia a dança do ventre depois do expediente,
trepada na mesa de amassar o pão.
Dançava lambada nos forrós da madrugada.
Albertinho pirou.
Deu a primeira carona num Escort azul.
O carro enguiçou, empurraram.
Entre um gole de café e um croissant de presunto,
escondidinhos atrás dos sacos de farinha,
no esfrega-esfrega no balcão de frios,
risinhos contidos, pegação, o homem renasceu.

Albertinho saiu do hospital ontem.
Receita: comprimidinhos de manhã, tarde e noite.

Jurou ao médico que ia pedir demissão da padoca.
Nada de esforço.
- E aquilo, doutor?
- Quer morrer?
Encontrou o Janja na alfaiataria do Cordisburgo.
Chorou:
- De meu louco amor, só restou uma pilha de carnês das Casas Bahia.

Canarinho

Presta atenção, eu falei.
Minha palavra não faz curva,
você perdeu a noção do perigo.
Tou falando, nega.
Tu não tem ideia do risco.
Vou arrumar uma quizumba na nossa vida.
Vou armar uma casa de caboclo,
arrebento o barraco, pode escrever:
você vai aparecer de bruços no Datena.
Aquele moleque pediu dinheiro,
você deu.
Caiu o celular,
quebrou,
você comprou outro.
Queria ir no pagode,
você pagou.
Devia na biqueira,
ia morrer,
você foi lá, ficou com os caras, acertou com os home.

Puta que pariu, nega.
Tudo com dinheiro que eu trago da rua.

O que ele dá pra você?
Um danoninho?

Juciley

Juciley veio de longe.
Perebento no pé, na boca, no caralho.
Uma mala, roupa do corpo.
Ficou olhando luzes na rodoviária.
Caiu num beliche duns primos de Canudos.
Melhor do que lá, era.
Dormia numa cama com sete irmãos ranhentos.
Era água no feijão,
jerimum e macaxeira,
sopinha rala na panela queimada.
Comia calango.
Fazia buraco na terra pra guardar água da chuva.
Pai montou casa pra puta em rua asfaltada.
Mãe mandou pai pra puta que pariu.
Ficaram dezoito na casa.
Bolsa Família não dava,
dinheiro do padre era pouco,
pai não mandava nada.

Sumpaulo.
Melhor do que lá, era.
Numa curva de rua, encontrou uma baianinha esvoaçante.
- É com essa que eu vou.
Casou.
Bateu laje no fim de semana.
Cresceu.

Abriu portinha de carnes.
Ficava no balcão com porcos ensanguentados pendurados em sua cabeça.
Pingando sangue.
Pra quê outra vida?
Filhos? Um, dois, três, quatro...
Confiava no careca argentino que moía a carne em silêncio.

Ronaldo

Tá assim, a tia.
Só chora.
Vestiu negro
desde que ele se foi.
Vai pro mercado,
pra padaria, pra igreja,
toda de preto,
às vezes de véu,
devagar,
curvada na dor.
Cruza os amigos,
derrama lágrimas,
inconsolável.
Conta, de novo,
o acidente,
o carro em fuga,
a vizinha batendo na porta.

A tia só chora.
Via novela com ele
deitado no colo;
cozinhava e ia dando
comida na boca dele;
tomavam banho juntos
no fim da tarde.

Ele beijava seus pés.
Subia a língua pelo tornozelo.
Aninhava entre suas coxas grossas.
Crescia o rubor no rosto
quando o safado se esfregava
na sua perna no meio da rua.

Moraram juntos.
Viveram juntos.
Dormiram na mesma cama.

Faz sete anos
e a tia ainda ouve o
Ronaldo latir, toda manhã,
no travesseiro ao lado.

Flávia e Jessica

Thiaguinho, afogado em rum, tomba no sofá da sala e liga a TV.
Ah, Flavia Alessandra!
A capa de Playboy, o making of no You Tube.
Ah!
Olha em volta:
o porta-retrato antigo com o sorriso de um parente morto.
A voz de gralha da futura sogra.
Os carnês que crescem sobre a cristaleira.
O telefone que toca e avisa: Embratel em atraso.
O cinzeiro em cima do sofá vermelho.
Dois livros: Zíbia Gasparetto e Paulo Coelho.
Boni e Cleide brigam na casa ao lado.
- Puta!
- Corno!
Bate a fome: a pizza de ontem ficou dura.
O celular dispara, ele corre, atende – é engano.
Pega um DVD:
não aceita Jessica Lange em pânico nas mãos do King Kong.
Ah, Jcssica Lange!
Comida, devorada, rasgada pelo Jack Nicholson em *O Destino bate à sua porta.*
Já viu *King Kong* centenas de vezes.
Estende as mãos, como sempre:
- Vem cá, loira!

- Com ela, eu caso.
- Macaco filadaputa.
Mais perto da imagem:
- Foge comigo.
Pega o controle.
Aciona frame a frame.
Vai e volta.
Passa os dedos gordos na tela.
- Foge comigo, tá me ouvindo?
- Tá me ouvindo?
- Tá me ouvindo?

Hotel Topázio

A tarde de abril parecia que não ia passar.
Assim: parada.
A chuvinha fina molhava pela intermitência.
Vieram numa Variant azul.
Ele era segurança na Fundação Casa da Marginal do Tietê.
Ela era psicóloga.
Pelo caminho viram homens carregando postes,
um galpão desabado,
Silvia Design, Magazine Luiza,
carinhas minúsculas nas janelas da Churrascaria Gauchão.
Surgiu o Parque do Carmo
e lá na frente uma ponte estaiada e o Sambódromo.
Ele deu seta e desviou a Variant para a Ponte das Bandeiras,
veio pela Cruzeiro do Sul, pegou a Zarki Narchi, entrou à
direita depois do Deic, seguiu numa ruazinha estreita e torta,
parou no Hotel Topázio, ao lado da Rodoviária do Tietê.

Subiram uma escadinha forrada por um carpete marrom.
No alto, um papel de parede com flores amarelas.
Ele puxou o vestido dela, arrebentou a alcinha,
ela fugiu escada acima, risinhos, fingindo desequilíbrio,
braços abertos estendidos pelo corrimão seboso.
Ela subindo; ele olhou a bunda dela, durinha,
enlouqueceu; ela enroscou o salto num furo do carpete;
ele segurou, apertou e rasgou a cinta-liga preta; subiram;

ele amassou ela contra a porta; morderam-se, suados; quatro mãos, duas bocas inquietas; caíram na cama.
- Mostra o vestido de noiva.
- Não.
- Quero ver antes dele.
- Não.
- Nosso acordo?
- Não.
– Quero vestir.
– Não.
Ficaram no apartamento 302, fundos, por duas ou três horas.
Ele saiu sozinho.
Levou a mochila dela nas costas.
Demorou para o porteiro encontrar um risco de sangue no carpete marrom, descendo a escada.

Parada Pinto

-Outro filho?
- Outro.
- Quem o pai agora?
- Um bolívia.

Famoso Bar do Justo

Era sexta.
Ela não desceu o morro da Casa Verde.
Acho que o marido chegou mais cedo.
Fui pro boteco tomar umas,
o Pedrão me viu e disse vem cá, senta aí, sabe o que a Fabiana fez?

Olavo Egydio com Guganis

- De graça, não come.
- Uma cerveja.
- Pouco.
- Escondidinho no Feijão de Corda.
- Melhorou.
- Bora?
- Quero grana, Mineirinho.
- Não vale tudo isso...
- E a pedra, o cigarro, o leite do menino?
- Tá zoando.
- Cinquenta adiantado, vai...
- Tá louca.
- Faço quarenta?
- Tou fora.
- Trinta, uma rapidinha?
- Pego outra.
- Filho da puta!
- Falei, ciúme, gosta de mim.
- Então paga a janta, bem...

Reginaldo Rossi

Garçom, outra Skol e uma dose de Caribe.
Enfia o dedo no botão, volume máximo.
Quebra, arregaça.
Deixa no modo repetir repetir re pe tir.

Garçom, aqui nessa mesa de bar,
entre nós, escuta agora:
me dá o copo,
segura minha mão, fecha os olhos.

Pedrão

Bigodinho branco na boca torta.
Camiseta e bermuda.
Escolheu mesa no bar da Rua Salete.
Sentou perto da porta.
Quinta, três da tarde.
Um gordo de boné trouxe o copo.
Dois domecs, um Viagra.
Pedrão olhou pro outro lado da rua.
Era uma casa azul.
Sobrado com Corsa na garagem,
casinha de cão e uma santa iluminada na parede.
Era o 47.
Atravessou a rua e entrou.
Luzinete abriu a porta:
- Lindo!

Mané

Parece que o Mané se oferecia pra trocar o botijão de gás e abrir latas de atum na casa do Newton.

O Newton havia casado com uma miss, eleita em redação de jornal – Bonequinha do Café; a miss não havia casado com Newton.

Mané batia no peito que era pegador, ensopado de perfume, sapatinho marrom sem meias, camisa aberta até o umbigo, uma santinha de ouro perdida na selva de pelos da barriga trincada.

Vivia no banheiro, em frente ao espelho, alisando o cabelinho.

Puxava a camisa pra baixo, pela barra, pra ficar lisinha.

– Andei com umas chacretes, dizia.

Era diagramador de uma coluna de fofocas no jornal.

Negociava, sem intermediários, a publicação de fotos de moças da TV e da boca do cinema, a Rua do Triunfo, que ficava ali perto.

Trocava as fotos e o colunista, que inventava notícias, nem se ligava.

Caía na noite dos Campos Elísios.

Começava ao lado do jornal: o Bar do Miranda.

Uma portinha com o piso de borracha preta em declive.

Ali cheguei com a primeira edição do Libro de Manuel, de Cortázar, e Mário Prata, que estava na Última Hora, viu e queria emprestado.

- Nem fodendo.

O Bar do Miranda fechou e deixou lembranças.

Ficou, também, o aval de uma autoridade etílica: a única foto do bar, que conheço, mostra Paulo Leminski sentado na porta, num banquinho, de camiseta e sandálias.

Mané frequentava os banquinhos altos do balcão do Tabu, na Rua Vitória.

Subia e descia pelos botecos da Rio Branco.

Chegou a levar umas facadas de um nigeriano, mas não me lembro da história.

Era um personagem que João Antônio e Marcos Rey deixaram cair do caminhão de mudanças de tempos idos.

Sou o cara, dizia, passo o rastelo, disparo o rifle, pego mesmo, eis aqui um espada, sou principalmente etc. e o tal, e um dia entrou em rota de colisão com uma bala disparada por um corno.

Essa história não é boa, não é nova, não é original.

É apenas minha homenagem ao Mané, que não foi Mané, e existiu, e gritava depois dos jogos, nas madrugadas da Barão de Limeira:

- Filho da puta, chega de pentear o texto. Vamos fechar essa merda. Elas me esperam.

Furacão

Veio, lavou, limpou a casa.
Suou.
Gemeu.
Falou sozinha.
No almoço, lhe dei metade da minha sobremesa.
Perguntou se era pra levar mesmo.
Peguei a faca e cortei ao meio.
Disse: não tenho coisa assim na mesa de casa.
Olhou o pedaço:
- Dá pra três, sorriu.
Tirou o celular e fez uma foto.
– Vou postar.
Colocou o doce num saquinho de pão.
Dobrou, enfiou na bolsa.
Misturou com pente, batom e dinheiro.
Na hora de sair, me pediu pra emprestar uma máscara.

Pratinho

Vendedor de doces.
Pratinho rasga pneu nas ruelas da perifa.
Carrega sobras no carro.
Produtos com data vencida.
Pirulitos, língua de sogra.
balas Sete Belo e biscoitinho de polvilho.
Seduz com a xepa.
Elza gosta e se finge de criança.
Pega, guarda debaixo do balcão.
Tanta coisa:
até pra mãe em cadeira de rodas.

Pratinho sai aos sábados com Elza, vai ao Leão Azul.
Pé de valsa.
Cheiroso como filho de barbeiro.
Camisa azul da Colombo.
Dois pra lá dois pra cá,
só no sapatinho bicolor.
Elza, às vezes, esquece a sandália de prata no carro.
Pratinho só acha na segunda-feira.
Guarda no banheiro.
- Vem buscar, bem.

Orismar

Veio falar comigo.
Tinha uma caspa enorme, amarela e disforme na costeleta esquerda.
Talco no couro gasto do chinelo.
Dentadura subia e descia:
- O senhor não pode construir esse muro. Tá no meu terreno.

Santana Danças

- Mais uma cervejinha, bem?
- Já deu.
- Só mais uma.
- Chega.
- Você não me ama, Mineirinho?
- Bêbado assim, de madrugada, amo muito...
- Então, pede uma gelada.
- Parei.
- Pede, amor, preciso ganhar comissão.

Black Friday

Queria uma televisão.
Minha mulher quis um liquidificador.

Um adeus

Ela veio lá de dentro.
Avental.
E disse não quero mais, homem, vou embora.
E ele, de bermuda no sofá, apertou o controle remoto.
- Esse filme é bom...

2

Samba-Enredo

A menina da Gazeta da Zona Norte entrou no camarim do Anhembi.
A entidade estava sentada como um Buda. Só de sunga.
O violão em cima das perninhas finas, cruzadas.
As unhas compridas deslizando, leve, no metal das cordas.
Ban-chá na cabeceira, velas acesas no canto.
A menina quase pisou num saquinho de arroz integral no chão.
A entidade abriu a boca larga e mostrou 32 dentes perfeitos.
Fez um gesto com o queixo.
A menina avançou:
- Como vai ser o show?
- Sei lá. Depende. Ou não. O astral vai dizer, sabe. Tou numa fase de explorar um movimento que por si só terá a oportunidade histórica de ser o batuque de uma nova era, num embate entre a estética e o estático, como dizia o guru Koellroutter, cingindo as cordas de Damiano Cozzella na exata junção com os acordes dissonantes de Rogério Duprat, sob as cores de Rogério Duarte e dos parangolés de Oiticica. Ou seja, qualquer coisa, joia.
-Disco novo?
- Sim, enquanto artista, perpetrei um álbum centrado no vértice convexo inerente ao artista enquanto ser telúrico ereto. Daí é fácil concluir que, enquanto produto industrial, saiu um tamanho disparate tropical. Enfim, o que são as

revoluções senão a radicalização da mídia, como falou Décio. No entanto, e enquanto, temos que interditar o retrocesso cósmico e agasalhar o novo movimento discográfico que por si só promove a confluência coletiva, nós dentro de nós mesmos, na disritmia do movimento dos barcos na Baía de Guanabara, no rumo reto do Arpoador ou da tropicália cintilante do cais de Salvador. Arembepe ou Araguaia?
- E Caetano?
- Por que não Maria Bethânia, como falou Cortázar?
- Qual seu processo de criação?
- Como o de Djavan: *Açaí, guardiã. Zum de besouro um imã.*
- E a vida?
- A vida é como um grão, sabe.

A menina voltou, entrou na redação e perguntou pro redator-chefe:
- Qual o espaço que tenho pra escrever?
E o homem disse:
- Duas páginas.

Ontem

Ontem peguei um estilete e um livro.
Era República das Letras, de Homero Senna, Livraria São José, 1957.
Às três e meia da tarde comecei a abrir as páginas.
Rasguei com afiada lâmina.
Cortava na vertical e na horizontal.
Por que calaram esse livro, essas vozes?
Por que asfixiaram as palavras?
Fui abrindo, uma a uma, as páginas esquecidas.
E, instante, saltaram Mário, Graça, Jorge, Tristão, Bandeira, Aurélio, Drummond, Sérgio, o pai de Chico, Grieco e Carpeaux.
Vivinhos.
Dizendo coisas que eu podia ter aprendido antes.

A descoberta do Brasil

E Pedro Luis Vaz de Caminha narrou:
- Zero a zero Brasil e Suécia. Quatro minutos decorridos. O couro é movimentado atrás, recuado para Gunnar Gren, que entrega na direita para Bergmark.
Cruza para Simmonson, tenta a finta, cruzou para Liedholm, para, dribla, vai chutar, fuzila para o gol!
- Gol de Liedholm para a equipe sueca! Um para os suecos, zero para o Brasil.

Escora bem Zito, põe na área, vai o Brasil para o ataque com Garrincha, cruza da linha de fundo na boca do
- Gooooooool!
Vavá empata a partida para a equipe brasileira!

Atenção, Brasil!
Reiniciada a partida final pela Copa do Mundo.
Quarenta e cinco minutos que decidirão a sorte do Brasil no campeonato mundial de 1958.
- Fica na esquerda agora com Orlando, Orlando para Pelé, Pelé domina no peito, de calcanhar para Zagallo, Zagallo prepara-se, tem Pelé, levantou para Pelé, entrou de cabeça para o arco e
- Gooooool!
- Pelé! Com uma cabeçada extraordinária marca o quinto gol do Brasil!
- Brasil, campeão mundial de futebol!

Sessão descarrego

Levanta e anda, irmã, isso, bate o pé no chão, corre, olhaí meu povo, aleluia, aleluia, fala aqui no microfone, não irmã, mais perto, fala, fala mais alto, tá sarada?, diga aí, tá sarada?, Deus curou?, não tem mais tumor na cabeça, mostra a chapa, o médico falou, viu só, aleluia aleluia, não vai descer um anjo do céu e fazer o depósito, o anjo é você, meu lindo, minha lindinha, em nome de Deus, o programa não pode sair do ar, anota a conta, a conta é 13171tracinho13, Igreja Deus Ideal, profeta Juca Amaral e bispa Sarajane, abracadabra, abracadabra, abracadabra! Abra. Amém, irmãos? Amém. Não esqueçam a conta, anotado? E Platão, numa esquina do deserto, não resistiu à tentação de fitar longamente uma moça que passou de shortinho. Pecou, irmãos. Pecado platônico. Desejou com os olhos e as entranhas. Ganhou os céus? Não. Nem ele nem Alcebíades, que vivia correndo atrás de Sócrates. Então, meus amados, meus semelhantes em Deus e na terra, e então Aristóteles cruzou com Canetti numa rua de Viena. Massa e poder. E Aristóteles perguntou: "Kafta ou Kafka?" O que ele quis ensinar, irmãos? Explicou que Kafta representava o pecado da gula, e Kafka era a metamorfose ambulante, o inferno. Nós somos a salvação. Aleluia? Sobe aqui, irmão, não chora, chega mais, alcançou uma graça, foi? Foi um nóia, né? Perdido, pastor, caí no rebanho do diabo, do Satanás, de todos os anjos caídos. Meu Deus, irmão! Quis se matar?

Fiquei dependurado no Viaduto do Chá e veio a polícia e me salvou. Louvado seja, irmão! E agora é outro? Seis meses de igreja, minha vida mudou. Parei com os tóxicos. Tenho uma firma, um carro, voltei pra família, olha a minha mulher, ela pode falar. Semeia seu dízimo, faça uma oferta, tá no Levítico 27, tá na Bíblia, pega um papel uma caneta, deposita, faça um voto, bota o nome do amor perdido, de seu filho afundado na droga, da filha que foi embora com um tranqueira, do marido casado com uma mesa de bar. Vícios, doenças, dívidas, separações. Ah, Deus! Deus tá na sua causa, deu uma ordem, você vai ficar de pé, não vou cair Satanás, diga, repita três vezes, você perdeu, amarrarei teu pé na rocha, caiu, tão mexendo com gente minha, levou você pro centro, pra roda de orixás, ofereceu você no meio da dança da pólvora, aí você olhou praquele vulto e disse não tenho ouro, não tenho prata, tenho fé, assim como disseram Pedro e João. Agora, me ouça você que tá à base de calmante, Rivotril. O aluguel tá atrasado, carnê das Casas Bahia, Magazine Luiza. Seu filho tá caído, febre alta, uma semana sem comer, e de repente vomitou sangue, botou tudo pra fora. Legião de destruidores. Eu vou falar. Falo, sim. Na infância você foi vitima de pedofilia, e aquele homem era o diabo, o capeta, o cuza ruim, o arrenegado, o belzebu, o chifrudo com cheiro de enxofre dentro de seu armário. Sai desse quarto, sai dessa cama, o diabo colocou na sua mente, toma veneno de rato, toma, você não tem mais jeito; foi ele, o diabo. Tá assim: o cabelo caindo, manchas no corpo, olhando o celular do marido, desconfiada, quem mandou pelos Correios aquela calcinha pro seu homem? - O diabo! Agora o cão-tinhoso é mais do que você, então é aquele que está lhe esperando no poste, se manifesta ali na esquina, convoca toda a legião de demônios, meu negócio agora é você bode-preto, só nós dois, tá me entendendo, de homem pra homem; e eu digo, em nome do Senhor, fora todos os espíritos, queima tudo agora, Exu Caveira, Tranca Rua, Maria Padilha, Pomba Gira, Zé Pilintra, Sete Flechas. Sai encosto! - É a libertação! Levanta da cama, levanta sua fronha, levanta sua foto que ela vai ser ungida agora. - Qual seu nome, minha filha? - Katherine. Venha participar da Sexta-feira Forte. Venha pregar seus problemas na cruz. Você vai dobrar o joelho agora perante Deus e vai contar até três, minha filha! Olha pra glória de Deus! Não sou eu. É a Bíblia que diz.

Uma cabrita pra Canudos

E foi, disse Chico.
Foi sim, Luiz.
Facinho.
Peguei a cabrita, enfiei numa Kombi e levei pra Ponte Pequena.
O ônibus sai dali, da beira do rio.
Vai, estradinha afora, pingando pelo Nordeste.
Leva de tudo.
Você tira o guidão e coloca a bichinha deitada no bagageiro.
Paga 400 paus.
Lá é limpeza:
fica com a placa velha, não paga imposto, não renova carta.
É o mais que você vê na rua.
Só moto.
Acabou o jegue, Luiz.
Vai tudo daqui.
Maluco ganha uma moto, na moral, e já corre pro ônibus.
Faz um troco fácil.
Tem vez que é pra família, sabe?
Irmã mora longe, mercado do outro lado da cidade, criança na escola.
Quem veio pra cá, ajuda.
Fui num casamento:
só dava moto, uma fileira, tudo placa de São Paulo.

Tem muito otário que libera no grito.
Mão dentro da blusa, o cara se caga, entrega a cabrita.
Facinho, sem novidade.
Eu também faço esse corre.
Pra que ficar ganhando salário mínimo na padoca e fazendo bico de segurança na madrugada?

À noite no doce lar

- Você fica aí: arrastando o chinelinho,
dor de cabeça, nas juntas,
bebendo e vomitando,
gemendo num vale de queimações, tonturas,
caiu na porta do italiano,
vai no médico, filho da puta!
- Cala boca!
- Lanchinho na padaria, pizza gordurosa
no balcão de mármore,
cachaça com bêbados de Rider no pé,
bombons na madrugada,
dormindo com a TV ligada,
vai no médico, filho da puta!
- Cala a boca!
- Então, foda-se!
- Melhor assim.

Ladeira acima

O menino subia a ladeira da Catapará com uma pipa na mão.
Ou pagagaio.
Ou pandorga.
O certo é que ele subia.
A pandorga era uma bandeira americana.

Cleydemar

- Tomar chá verde? Pra que?
- Envelhecer é isso aí.

Primeiro, os meninos vieram e lhe roubaram a sala.

Depois, a morena, que chegou faxineira e tomou conta da casa, lhe tirou a cozinha e o marido.

Restou o quarto dos fundos, mas chegou o irmão com câncer na bexiga.

A mulher não tinha pra onde ir.

Pediu, de joelhos, uma gaveta.

Pelo menos isso: uma gaveta da cômoda para guardar tudo o que tinha.

Botou lá uns panos, umas fotos, o RG 7048483-83.

Escondeu a chave no sutiã.

Ilusão não tem.

O genro de Pedrão

Pedrão não gostou do genro no primeiro dia.
Cara folgou.
Chegou num domingo,
bateu uns três pratões no almoço,
devorou a sobremesa e se jogou no sofá.
Pediu uma gelada e uma cumbuca de amendoinzinho.
- Dá o controle da TV – pediu ao sogro.
Zapeou.
Viu Mazzaropi na TV Brasil, reprise de novela e torneio de sinuca.
Quatro da tarde, trocou o Palmeiras pelo Faustão.
Pedrão ficou louco:
- Tira desse chato.
Avisou a filha:
- Não casa, essa Coca é Fanta.
Casou.
Agora Pedrão é isso no bar, na banca de jornal, no banco da praça:
- O que é que eu faço, Luiz?

Padaria e Confeitaria Estado Luso

Entrou chutando mesa e geladeira da Kibon.
Quem viu, disse: o Bola veio arruinado.
Bebeu de novo.
Sabe ali, subindo a Zuquim, quase no Parque da Juventude?
Tem um barzinho meio escuro.
Ele fica ali – escondido atrás da mesa de sinuca.
Passa a noite e, quando amanhece, sobe pra padaria.

Chega em estado de perda total.
Não amolece a manteiga.
Não corta a carne.
Não limpa a chapa.
Os caras já sabem:
brigou com a mulher, não foi pra casa, tomou uma, duas e outras.
Estragou.

João Francisco Leme

Eu sou João.
Um deles – são muitos.
Filas de joões.
Eu falo por mim.
Bebo, sim, doutor.
Mentira, nunca bati em puta,
nem roubei nem fumei.
Não assino bronca dos outros.
Corno?
Nunca casei.
Moro sozinho.
Ali, depois do McDonald, no Mandaqui.
Pode perguntar lá.
Trabalho.
Tenho carteira assinada.
Sou um João.
Às vezes a memória de outro João.
Se lembro, sou João.
Tem vez que falha.
Tive derrame.
Se não, o que importa?
Pois sou um vulto.
Um insulto andando por aí.
Pano puído, casquinha de sorvete.

Curitiba?
Não. Nem sei onde.
Meu pai, velhote de óculos?
Trancado num casarão?
Tarado?
Não.
Engano. Sou tio do autor.

Vicente

O poeta solitário vivia no Copan.
Tinha um programa fixo aos sábados.
Ir ao sebo do Messias e depois comer uma coxinha na padaria Santa Tereza.
Ficava olhando a Sé:
via uma perna emperebada estendida na porta da igreja,
um velho manco, com mancha de tomate na gravata,
as meninas na porta do sebo Floresta,
apreciava o taxista gordo e suado,
o vaivém dos boys, lembrava de poemas de Roberto Piva e cobiçava imberbes nos ônibus que entravam à direita para a Liberdade.

Postava-se na soleira encantada da Santa Tereza.
Vendia papiros e fazia revisão em editoras.
Resenhas no Folhão.
Letras na Fefelete.
Dizia, no meio da rua: sou Mallarmé, sou Apolinaire, sou Villon e vilão.
Vivia e dialogava com um Jabuti – o prêmio – em cima da prateleira.
Wilson Martins elogiou.
Seu vizinho Plínio, o encardido, zombava com o sobrenome:
- Xexelento, dizia.

Tinhorão, Carone, Tragtenberg, Plínio, Pereira:
os homens fugiam dele na Seridó.
Caiu de amores pelos olhos verdes de um sargento
aposentado.
Velho comunista.
- São os olhos do meu pai.

Dia 30

Havia sabiás cantando na manhãzinha.
Ruídos e sotaques nos fundos da padaria.
Maconheiro dormindo no banco do ponto de táxi.
Uma louca surtada no banheiro.
Agora dois pombos cagões sujam meu muro.
O cãozinho da velha veio mijar no meu poste.
Ouço o Pedrão esganiçar na rua: Vai Curíntia!
Disseram que o Luizão bicheiro não vem hoje.
Cadê o Ney? O Ney morreu.
O carro do Canarinho afogou na subida da Machado Pedrosa.
M chama. E chama.
B chama. E chama.
A mãe, de longe, liga: a Nenê fez cagada.
O telefone de novo toca, corro, desliga.
Erenice Furacão dispara o aspirador de pó.
Um grito lá de baixo: pega os jornais velhos do Tião.
Um grito lá de baixo: o homem da Sabesp está aí na porta.
Outro grito lá de baixo: acabou a água.
Outro grito, mais alto, lá de baixo: acabou o gás.
Outro grito, um berro, lá de baixo: tem cueca preta sua no chão.
Olho a tela.
- Escreve, filho da puta, que todo mês tem dia 30.

Esquina

O casarão da Rua Barra da Boa Vista tem azulejos portugueses azuis na varanda, lareira, chaminé e porta-balcão.
Árvores no jardim.
Duas garagens.
Segredos.
Teve um homem que vendia tijolo, cimento e porta.
Uma miss São Paulo 1952.
Um motoqueiro que rodou a América Latina.
Uma mulher muda debruçada na cozinha.
E muito dinheiro que acabou.

São 11 horas da noite de 6 de setembro de 2013 e a casa está lá.
Os cômodos imundos e vazios.
Num armário, Almanaque Bertrand para 1953
duas Seleções Readers Digest anos 1960
um História do Brasil, de Borges Hermida.
Numa gaveta,
cartão da Telefónica
maria chiquinha num plástico
recibo de depósito no Banespa.
No quintal,
um chafariz que não é mais
galhos secos no caminho
um banco de pedra com uma garrafa de Dolly.

São 11 horas da noite de 6 de setembro de 2013 e a casa está lá.
Suja.
Pichada.
Abandonada.
Um fantasma na esquina à espera da mão do homem.

3

Trilhos da Mooca

Não ligamos pro tempo, não.
Queremos ir sentados.
De pé, vc não sabe, é um empurra-empurra.
Cotovelada daqui, um pisão de pé ali.
O trecho é longo.
Se dá pane no trem, se chove, se tem briga.
Vixe.
Ferrou.
É punk, mano.
Só queremos ir sentados.
É mais suave o sofrimento.

Artur Alvim

Uso a linha Amarela, quando o trem tá chegando na Estação da Luz, aposto corrida, disparo, vou deixando gente pra trás, vou pra porta do vagão; se vc. não corre, fica um montão de gente na escada, me dá agonia, não gosto e me enrosco, quero chegar primeiro pra pegar um bom lugar na CPTM; não é assim, não, bagunçado, mermão; tem tática; esperto chega pela linha 3 Vermelha, sentido Barra Funda, e quer ir pro Tucuruvi da linha 1 Azul, aí fica na última porta do penúltimo carro ou na primeira porta do último carro; parou, desceu, tudo liberado, saltou noutro trem, tá dentro; o tempo ensinou, se caio no vagão errado, perco 10 minutos; numa dessas suja, dá ruim, horário de pico na Sé; ainda dá pra entrar pela porta de saída, de um lado, enquanto a massa toda tá esperando pra entrar, do outro lado; fico puto com nego digitando em celular na escada rolante, esquece, enrola, anda devagar, embaça a vida dos outros; esbarra, tromba, o celular cai, caralho!; tem que dar uma de Homem Aranha; às vezes, pego o trem de trás pra frente, no sentido contrário ao de casa; ando uma estação mais, o trem esvazia e volto sentado.

Filosofia

Luiza costuma usar bandana.
Olhando assim parece o Axl Rose.
Falam – é filha dele.
Gostou, ri quando falam, vai indo.
Tatuou o cara na batata da perna.

Cara de anjo, roupa daquelas.
Anda de skate na rua:
salta corrimão, bancos, obstáculos.
Desbocada.
Sete tatuagens pelo corpo.
Na boca, sob o lábio inferior, escreveu:
- Foda-se.

Fefelete

Acho isso aqui um lugar inacabado.
Falta alguma coisa.
Reclamo não.
Isso movimenta a gente.
Faz andar, viajar, correr, descobrir.

Falta alguma coisa, sabe.

Inda assim sou esse lugar.
Aqui olho quem sou.
Para onde estou indo?
Certo?
Errado?
Acho que o errado tá certo.
E vice-versa.
Agora quero o exercício de deixar as coisas acontecerem comigo.

Falta alguma coisa, sabe.

Mãe

Deixo a porta de casa aberta achando que ele vai voltar.

Dias de hoje

- Coisas passam tão rápido.
- Assim mesmo, vó.
- Não era.
- Pois é.

Copa do Mundo

Fizeram dois galpões em Sorocaba.
Falaram:
- Vocês ficam lá até o fim da Copa.
- Não vou.
Que que é isso?
Oito anos de rua.
Aqui no Parque Dom Pedro II.
Bacanas aí querem esconder a gente agora.
Acabou a Copa, mandam a galera de volta.
- Rua!

Daqui não saio.
Vivo de malabares, sabe?
Preciso das esquinas.
Do vacilo dos semáforos.
De um punhado de moedas.
De um coração alheio.
Um vidro entreaberto.
Uma mão.
Aí, malabares, pratos, bolas coloridas, tocha de fogo pra cima e grana caindo na minha mão.

Ladrão

- Roubou?
- Lojinha.
- Dona Rosa, coitada?
- Boné, celular, 30 reais.
- Armado?
- Berro de isopor e pilha de rádio.

Última ceia

Um bem-estar assim do nada.
Pensou em não fazer.
Pensou em não pensar.
Sozinho na mesa.
Garfo no ar.
A mão encheu o copo.
Acariciou de novo os pés com os pés.

Aí, então, como se esperasse,
ouviu os socos e as coronhadas na porta.

Mentos

O moleque vendia doce na Tiradentes.
Vivia disso:
pendurava doce e chiclete nos espelhinhos dos carros.
Dia bom, descia um pouco e comia no mata-fome da Rua do Seminário.
Morava na Rua Viri, com uma tia.
Pais morreram num barco afundado no Círio de Nazaré.
Escola, nada.
Nada disso ou daquilo.
Nem nada de roupa bacana, dente, essas coisas de coxinha.
Ia e voltava de carona, agarrado nas cordas do elétrico da CMTC.

Naquela noite, estava no lugar errado.

Vanderson

- Queimou a dentista.
- Quem?
- Ele ali, ó, camisa azul na mesa da janela.
- O Vanderson!
- Amarrou, roubou, tocou fogo.
- E anda assim, de boa, por aí?
- É motorista de van na escolinha da Leôncio.

Brasilândia

Agora, que não tenho porra nenhuma pra fazer, conto minha história. Eu saio, meu parça. Tou nessa merda aqui, guardado, a trairagem me traiu. Ladrão não foi. Ladrão não entrega ladrão. Sei quem foi e vou buscar o cara. Tem uma mina no meio, eu sei. Eu saio, não sei quando, eu saio, juro, espera pra ver, eu saio. Fui foda, viu. Nasci virado, pelo avesso, e saí. Abri as pernas da minha mãe e enfiei o pé no mundo. A cara veio depois, no fim dos trabalhos, e saí, gente boa. Eu saio. Não fui mané nem pra nascer. Esperto, meu parça. Se vacilo de cabeça pra fora, podiam me dar um amansa no pescoço, dominar, finalizar ainda entalado lá. Duvida, mano? Caraio, sacanagem, tem cara pra isso. E pra coisa pior. Pintei no pedaço sem dar mole. Olhei e falei: tou fora, e saí. Me pegaram, deram umas pancadas no rabo. Pensei: então é assim? Chegando e levando porrada. Vai ter troco. Foi aí que fiquei na bronca com médico, pai, mãe, polícia, Deus, o Diabo, o caraio. Eu meto bronca. Quem vai encarar? Aqui não tem bom, não tem boiada, eu sou mais eu. Olha a cela. Nego pendurado até na lâmpada. Aqui eu mando, sou o xerife, cobro pedágio, todo mundo come na minha mão. Nunca fui moça na tranca. Tá me estranhando? Tou sobrando, mano. Eu saio e dou um tiro nos miolos do mundo.

Porta de padaria

- É um assalto!
- Tenho nada.
- Perdeu, grande!
- Nadica no bolso.
- Passa o frango!

Um pacote de balas e duas bisnaguinhas

- Presa?
- Foi ontem.
- Sai logo?
- Flagrante, mano.
- Fodeu, né?
- Doutor disse dois anos.
- Ninguém quebra essa?
- Só Jesus na causa.
- E as crianças?
- Sei lá.
- Foi no mercadinho?
- Um pacote de balas e duas bisnaguinhas.

Asfalto selvagem

- Mãos ao alto.
- Perdeu.
- Ajoelha, filho da puta!
- Perdeu, playboy!

Eis as flores do asfalto.

Voluntários da Pátria

Chegaram numa bicicleta.
Arrancaram celular, cordão, pulseira, dinheiro.
Deixaram-lhe a vida.
Ela caminhou dois quarteirões,
entrou na Polar e pediu o cardápio.

Washington Luis

Medo não.
Este é meu dossiê:
ex-mulher com filho num cafofo xexelento
duas camisas
(uma do Corinthians, que é a de domingo, e outra da X 9,
minha escola).
Calça de terno velho.
Radinho de pilha, capanga de napa.
Canivete, estilete
revólver de plástico pra fazer correria.
Uns CDs de pagode.
Dias e noites escuros.
Sou nóia, você diz, mas vejo tudo:
dinheiro meu na conta dos outros,
casa minha com os outros dentro,
viagens com o meu pra ver o outro em Paris,
carro importado meu em mão alheia.
Sobrou o pó, e do pó, e com o pó, me levantei.
Arrependimento?
Não ter moído os carros chineses na importadora.
Não ter feito um, dois, mil caixas de banco voando.
Não ter tacado fogo no palácio do governo.
Agora, não sei quando vou sair daqui.

Bar e Lanches Iraulina

-Tá olhado o quê?
- ...
- Tenho dinheiro, pago essa porra,
jogo cinco mil em cima da mesa,
trabalho, viu?, não é porque tou
assim que você pode ficar tirando
com a minha cara...
- ...
- Põe mais uma aí, gelada, troca
o copo, tá cheirando, tá quente,
se mexe, por que tá parado aí na
minha frente, quer que eu chame o gerente?
- ...
- Tá abusado, maluco. Sou do bem,
susu na comunidade, não é você
que vai jogar meu pão com a
manteiga pra baixo...Escutou?
- ...
- Não é você, não, o fodão aqui sou eu.
No pedaço, a galera sabe – olhou feio,
o bicho pega...Sou do bem, mas não
suja comigo. Entendeu, pinguim?
- ...

- Pinguim...Boa, parece mesmo. Gravatinha, paletó branco e calça preta. Bundão, acho que é corno. Não reage, cagão?

-...

- Olha essa cara...Não fala, mas tá me mandando pra casa do caralho. Quer que eu me foda, né? Parece meu pai, aquele puto. Só botava no meu rabo. Fugiu com a minha tia, irmã da minha mãe, a mais novinha...Tá escutando?

- ...

- Não tenho ninguém, ninguém pra me encher o saco. Nem pai nem mãe nem irmão nem mulher. Tive tudo isso, tudo filho da puta.

-...

- Quer um conselho? Fica de boa comigo. Serve direito, caralho. Não joga a cerveja na mesa. Esparramou, tá vendo?

-...

- Fez cara torta por que? Não tá gostando, fala. Ah, é... Você vai ver. Vou fazer uma homenagem legal pro boteco e pra você na rede social.

Não fez.
O garçom pegou uma faquinha de manteiga.
Caiu ali o desgraçado, em cima de uma cumbuca de feijoada.

Leo

- Falei pro Leo.
- Ele não escuta ninguém.
- Dois tiros.
- Morreu?
- Não. Foi pro Mandaqui.
- O médico disse o quê?
- Entre a vida e a morte.
- Boa pontaria?
- Um buraco nas costas.
- E o outro?
- Na coxa, de raspão.
- Procurou...
- Fez pior em Palmeira dos Índios...
- Pior?
- Matou o cara que matou o irmão dele.
- Caraio!
- Picou tudinho...
- Picou o cara?
- Com um facão.
- E aí?
- Deixou lá, fugiu, veio pro Jardim Fontalis.
- A família do morto veio atrás?
- Só a mãe.
- Vingança?
- Não. Abriu um bar.
- E caça o Leo...

- Que nada. Casou com ele.
- Casou?
- Vi outro dia na buzanfa: parecia que tinha nascido um pro outro.
- Assim, então, maluco?
- Assim: Leo vai pra padoca cedo, volta, bebe, manda no bar e bate nela.
- E tudo bem?
- No ano novo vão fazer um cruzeiro no navio do Roberto Carlos.

Mano a Mano

- Tira o tênis.
- Tá novo.
- Cala a boca, a carteira.
- Não tenho.
- O bolso, revira, rasga.
- Peraí, ai meu braço.
- O boné...
- Pega leve, tá aqui.
- Dá a camiseta.
- Acabou...Só caderno...
- Joga lá, naquele lixo, essa merda.
- Não me machuca.
- Burguês é tudo frutinha.
- Sangrou.
- Mão na cabeça, de costas.
- Na boa, mano, dou tudo em casa, ali ó.
- Pintou sujeira, dança.
- Tô falando, garanto.
- Limpeza?
- Vem pelos fundos, a empregada tá na frente.
- Belo barraco, hein?
- Meu pai deixou.
- O meu me deixou.
- Aqui é meu quarto, leva o que quiser.

- Vai abrindo a sacola azul.
- Nunca peguei um revólver.
- Tira a mão dessa porra...
- Pesado...
- Tá me estranhando, mano.
- Suas mãos são grandes e grossas...

Resgate bancário

Em pé, pelado diante do espelho, vejo que não disponho mais de parte alguma pra dar. Dei tudo: cabeça, tronco e membros. O cu. Uns mais, outros menos. Fui muito mais de cabeça nas coisas do que com os membros. E, enquanto pensava, e achava que era justo e certo, era empalado pela parte ereta alheia. Dei parte da minha cabeça pelas causas perdidas, parte da minha voz aos megafones, assembleias e passeatas de ocasião, parte da minha casa de arrabalde pra aparelho de alguma coisa do B, que não me lembro (prefiro o B ao A, seja lado de disco antigo, filme, leite). Dei parte dos meus votos pra quem roubou a parte que me restava. Compete-me, pois, agora e por direito, cobrar a parte que me cabe: mãos ao alto, filho da puta, bota essa merda toda na sacola, deita no chão e fecha os olhos pra morrer.

Pixuleco

Pixuleco, o Rei do Espetinho, vendia sapecados de carne, linguiça e coraçãozinho de frango a dois real, daí veio a polícia, mulheres assustadas, choro de criança, pau comeu, caiu gente ferida, sangue, cápsulas escopeta bombas, bafafás greves protestos, mais fechado do que aberto, ai meu Deus, Pixuleco - a mulher disse, segura lá, nossos filhos, muita fé homem!, vai no Templo de Salomão, recolheu o dízimo no sábado dos empresários, deu um troco na mão do obreiro, na segunda ushomechegaro, porrada, Pixuleco desmontou barraca, correu, caiu, havaianas pelo caminho, quebrou. Veio de novo, estendeu toalha na entrada do metrô São Bento, espalhou Playboy com Sônia Braga, Vera Fischer e Tiazinha, DVDs e CDs piratas dos Aviões do Forró, Trio Los Angeles e Reginaldo Rossi, pilha, binga, pinga, pente e cortador de unha, veio o fiscal, pediu mais, dobrou, Pixuleco reforçou o estoque com perfume paraguaio, sapato chinês e doce árabe do Carlinhos do Pari, voltou o fiscal, falou o homem lá quer +, Pixuleco chamou um bolívia, começou a vender uns troços, pedra e pó, belezinha, foi ficando bonito, mais um aqui, outro ali, um cachimbinho, por que não?, um beck do bom, é nóis, tamo junto, rapá, veio uma neguinha, cola aqui na festinha, noite na cracolândia, demorô, até que vou, vai eu e minha pretinha, sangue bom, maluco colou do lado dela, falou uma pá de bosta, sem noção, Pixuleco foi pra cima.
A viúva reconheceu o corpo na tardinha do outro dia.

A prisão de John Lennon

A polícia prendeu ontem John Lennon Gomes da Silva, 22 anos, suspeito de matar cinco pessoas, um mês atrás, no bairro Jardim Fontalis, na região norte de São Paulo. Ele foi apresentado nesta terça-feira (22), na delegacia central. De acordo com a Polícia Civil, John Lennon também é suspeito de tentar matar outras duas pessoas no mesmo bairro. Segundo as investigações, as sete vítimas não teriam envolvimento com crimes. Lennon foi detido por policiais na região da Cracolândia, ao tentar subtrair a bolsa de uma mulher que descia de um Audi para assistir a um concerto de Wagner na Sala São Paulo. Lennon é fugitivo da cadeia de Paraíso do Norte, Piauí. Ainda não tem advogado e nenhum familiar compareceu até agora à polícia.

Mesa de sinuca

Antes de baixar a porta, Zuza empilhou cinco caixas de Brahma no canto do boteco.
Sobrou um espaço e ele empurrou a geladeira até ali.
A mesa de sinuca ficou do lado de fora.
Era vermelha.
Meio tijolo apoiava uma perna manca.
Em cima do pano verde, duelavam ases do taco no bairro: Rogério Careca, Paulinho Taco Azul, Ary Turco e Gilberto Cachorro.

Dia seguinte, amanheceu ali um par de havaianas mergulhado numa poça de sangue.

Amor no jornal

Donzílio meu nome.
Pode me chamar de Don.
Tenho 66 anos, parece menos.
Moreno e discreto.
Marceneiro, caseiro, sem vícios.
Quero conhecer mulheres de 20 a 25 anos.
Boa instrução.
Dou preferência pras altas.
Cabelos longos.
Poucas rugas.
No máximo, 64 kg.
Celulite, tudo bem.
Detesto ronco, mau hálito e joanete.
Não gosto de
peido com a bunda virada pro meu lado.

Gosto de churrascaria, picanha, fraldinha.
Bebo, sim.
Nos limites.
Reginaldo Rossi, esse o cara, escuto.
Tou fora de novela e Faustão, o zica.
Livros?
Padre Marcelo, uns três anos atrás, não terminei.
Ganhei esse outro aí, como chama?
A Bíblia tem muita folha, nunca abri.

Prezo as obrigações em dia:
roupa lavada e passada, comida na mesa.
Feira: sacola cheia e pouco gasto.
Tudo limpinho:
cama, mesa e banho.
Banhada e, ah, cheirosa.
Frescura, não dá:
grito, gritinho, de jeito nenhum.

Silêncio na hora do jogo.

Maria da Penha

Fiquei prisioneira por tempo demais.
Muita mulher deve estar passando o que passei.
Sofri maus tratos.
Puxava meu cabelo, me xingava, rasgava minha roupa.
Socou meu rosto.
Quebrou meu celular; comprei novo, quebrou.
Quebrou meu braço.

Tinha outra, dois filhos.
Vinha de madrugada.
Me comia.
Pendurou câmeras na casa.
Ficava com minha chave.
Trocava cadeados.

Preso três vezes em flagrante.
Descumpriu a lei.
Voltou, ronda a casa.
Quando vem, ligo 190.
Fica parado no portão.
Ri.
Sabe que a polícia demora.
Sai.
E na noite seguinte, volta.

Andrea de Mayo

Não quero homem que não me liga.
Não liga.
Não seja amigo.
Não ri.
Não respeite.
Não.
Não quero um homem que não seja louco por mim.
Não tenha tesão só por mim.

Não quero um homem invisível.
Descartável.
Galinha.
Canalha.
Violento.
Cagão.
Não quero um homem que desapareça.
Quero um homem que apareça aqui na calçada, cinco da manhã, dê a volta no carro, incline-se, abra a porta, me beije, me pegue no colo e me leve pra descansar.

Luiza

Esse homem sabe onde moro, tenho medo.
Pode me achar de novo.
Polícia, registro, BO – de jeito nenhum.
O sistema é muito falho.
Eu sei, eu vejo.
Sou militante, acompanho vítimas nas delegacias.
Vou ter que provar que fui vítima.
Como vou provar?
Não teve penetração em mim, foi com o dedo.
Que exame fazer pra provar isso?
As pessoas acham que é muito fácil ir lá e pronto.
Mas não é assim.
Não confio na polícia.
Não me deixam segura.
Tenho medo de o homem reaparecer.
Tenho mais medo da polícia.
Tenho muito medo do homem.
Tenho medo de o homem ser da polícia e a polícia ser do homem.

Carandiru

Quer ver o fim?
Olha aquele prédio rosa ali no Carandiru.
Olha lá dentro:
essas mulheres não têm mais ninguém.
Família, marido, namorado, filhos, amigos.
Ninguém.
Ninguém aparece aos domingos.
Ninguém escreve.
Nenhum bilhete.
Ninguém quer ouvir más notícias.

Certas noites, o desespero, a solidão - e algumas mulheres se dependuram nas grades do prédio rosa e ficam olhando o agito de mulheres e crianças na porta do prédio maior, ao lado, lotado, e elas vêm estridentes, com sacolas abarrotadas de comida, presentes, celular nas entranhas, algum pó em vãos e orifícios, e dormem encolhidas sob barracas de
plástico
amassadas
na grama
sol
no orvalho
chuva
esperando a manhã pra cair lá dentro e agarrar seu homem.

Menina

Chegou tarde, não sei a hora, tinha duas feridas.
Ainda limpei, doeu, dormiu - calada.

Padrasto

Fácil, molezinha, acredite.
Era pequeno, seis, sete quilos.
Bostinha.
Comprimi o pescoço.
Melhor assim: desmaiar sem dor.
Apagou em dois segundos.
Fiquei segurando o corpinho até pifar geral.
Isso, eu fiz.
A ideia de jogar o menino no rio foi dela.

O colchão

Prezado Sr.:
dois anos atrás, pouco menos pouco mais,
casei de novo e comprei um colchão de casal.
A vendedora da loja Liberty disse:
– Esse dura, é bom.
Deu garantia.
Em meses, o colchão ficou torto de um lado.
Deformado, caidaço, afundou.
Entrei em contato com a fábrica e mandaram falar com a loja.
Falei com a loja e mandaram reclamar na fábrica.
Liguei pra fábrica e me mandaram pra puta que pariu.

Eis o drama: só quero trocar o colchão.
E ninguém me escuta, atende, orienta.

Minha mulher já foi embora.
Fiquei sozinha.
Mas o colchão eu quero trocar.

Queijo bola

Ia todo dia no Carrefour.
Caçava as promoções.
Olhava, não comprava.
Viciou.
Olhava, não comprava.

Pensava:
tá barato, um dia compro.
Promoção tem sempre.
Não levava nada.

Veio a moça perfumada da TV.
Enfiou o microfone na cara do homem.
- Qual seu sonho?
- Um queijo bola.

Dia das mães

Levantou cedo e preparou a mesa do café.
Pão, manteiga, leite.
Broinha de fubá trazida pela sogra.
O marido veio e lhe beijou a testa.
O filho veio e lhe beijou o rosto.
Conversaram.
A mulher disse que as coisas estavam muito caras
no mercadinho, ia procurar outro,
o marido contou que o Maia – o chefe
na firma – estava com dengue,
o filho falou que o professor de História
havia faltando pra ir na passeata.
Ficaram ali – aqueles papos, falando de si e dos outros.
A ela, restava esperar.
André Baladão jurou que o chumbinho de rato não falhava.

Pai

A mulher estava na cozinha.
Cortava carne vermelha.
O filho veio da escola.
- Meu pai chegou?
- Não chegou nem vai chegar.
- Quando então?
- Nunca mais.

Jardim Filhos da Terra

O sargento André, do Terceiro Batalhão,
15 anos de farda, desceu da viatura.
O elemento estava lá:
caído, de bruços, boca na terra.
O sargento André olhou:
uns 15 anos, magro, moreno, só de calção.
Tentou virar o corpo com as botas.
Foi chutando de lado, os braços,
enfiando o pé por baixo do corpo,
erguendo,
usou o fuzil como alavanca,
virou o elemento com a barriga pra cima.
Chamou o cabo:
- Desova.
De algum lugar, veio uma mulher endoidecida.
- Pelo amor de Deus, não.
Encostou um carrinho de pedreiro.
Levou o corpo, pernas e braços pra fora, balançando.

4

Mulher perdida

Como era Silvia? Ouço ainda a voz rouca e a gargalhada. Usava óculos e, sem maquiagem, tinha brilho no rosto. Um riso saudável, gratuito, que convidava pra entrar. Usava óculos de tartaruga, pesadão, e sem óculos Silvia não seria o que era, o que foi. O que é, se ainda é, em algum lugar. Vínhamos pela rua de casinhas verdes, uma aquarela suburbana, dobrávamos à direita, na curva fechada, e eis a casa dela: enorme, maior, muito maior do que a minha, e melhor, e ficava ali, nas beiradas da linha do trem. Havia muita rua, todas as ruas, o túnel escuro, becos e quebradas; a rua era nossa, imensa, ia indo, desse jeito que eu estou contando – pelos caminhos difusos – andando, procurávamos tudo e sempre achamos. Silvia tinha um jeito travesso, uma demência precoce, topava as coisas mais loucas. E sonhávamos os sonhos mais lindos – fascinação. No corpo a corpo, Silvia apresentava as armas: tinha um corpo de atleta olímpica. De natação, de vôlei, de salto com vara. Os ombros de Silvia, ah, os ombros. Não lembro se tatuado. Não sei agora, que faz tempo demais, estamos em outro século – não sei se havia tatuagem exposta ou escondida. Os músculos dos braços eram limpos. Nenhuma boca, rosto, caveira, marca, inscrição, essas coisas. Minhas mãos pousavam nos panos de Silvia, de modo provisório, interditadas por um jeans azulado, meio desbotado sobre as coxas grossas. A mão passeava ali, subia e descia,

Silvia falava mais rápido, acelerava a falação, ofegante, ah, e as mãos seguiam o ritmo das palavras de Silvia, e Silvia falava, um palavrório, e a mão crescia, espalhava, subia pra agasalhar a carne acima do umbigo. A carne de Silvia: morena, durinha, a carne trêmula, suada, redonda.

Silvia jogava vôlei na escola. O professor pinguço passava-lhe os olhos gulosos, examinava suas coxas, sua bunda. Olhava dentro dos olhos de Silvia: os glóbulos saltavam, petrificados, como se tivesse um pau duro em cada olho. Olhinhos de esquilo, o velho. Curiosos, franzidos, queria o pecado. Devia homenageá-la com várias punhetas no intervalo, trancado no banheiro, gemendo baixinho, o velho Nicola, de camiseta. O professor elegia suas musas a cada ano, cortejava, protegia, escalava como porta-bandeira nas festas e desfiles. Ao vê-la passar, gostosíssima, suspirava, sussurrava baixinho coisas indecentes, indecorosas. Silvia, pirralha, não imaginava essas coisas, não desconfiava do velho com dentes encardidos de fumo, eu sei disso.

No verão, Silvia suava ao sol. Era uma aliteração, além de rima. Foi amor? Não sei. Nunca soube dessas coisas soturnas. Jamais fustiguei almas alheias. Não sei, o amor; não sei. Jamais sabemos as consequências do amor, Silvia não sabe, porque não sei de Silvia, mas no dia em que morri, pensei nela.

Corpos na estrada

Bandidos jogaram pedras na pista da Fernão Dias.
O pneu do carro estourou e o motorista parou no acostamento.
Percebeu que seria assaltado, correu.
Na fuga, foi atropelado e jogado na pista oposta.
Seu corpo atingiu o para-brisa de outro carro e matou o motorista.
É uma história chocante.
Não vou contar mais uma história chocante.

Em nome de Deus

Sabe aquele pastor e deputado e deputado e pastor, casado, três filhos, que se entregou às tentações da carne? Saliência vai, saliência vem, engravidou a secretária? Pois o irmão em Cristo operou mais um milagre. A funcionária disse ao repórter:
- Quem foi que disse que disseram quem foi? Meu filho é obra da graça divina.

A tia de Eddy Dias da Cruz

Oscarina comprou uma bandeja de madeira.
Recheou de paçoquinha, saquinho de doce-de-leite
e chiclete.
Foi vender na esquina do Sambódromo.
- Vai uma paçoca?
Não sambou nem cantou.
Saiu de manhãzinha.
Falou:
- Pelo menos o dinheiro do gás.

O assalto

A quadrilha levou duas televisões – de 14 e 33 polegadas -, um forno de micro-ondas, joias, roupas e calçados, relógios, celulares, dinheiro e três dólares.
O último pedaço de bolo, doces, imãs de geladeira, lentes de contato, óculos e uns bibelôs da estante.
Ninguém foi buscar o Gol branco encontrado em Diadema pela manhã.

O pai

Nasceu sem pai.
Queria um pai.
Cresceu, enfermeira.
Teve uma filha.
E, então, passou a chamar a filha de pai.

Cirurgia

- Fiz procedimento.
- Quequeisso?
- Botox e preenchimento labial.
- Isso que ficou?
- Gostou?
- Parece o Pato Donald!

25/4/21

Vou comprar toalha nova.
Essa aqui, essa cinza como esses tempos,
e felpuda como o cão da vizinha
ah – inferno –
essa aqui não contorna mais todo meu corpo.

Por um gole de Dubar

Três garrafas de Dubar, bitucas pisadas no chão, os brincos.
A sandália rasteirinha num canto – um pé pra cá, um pé pra lá.
No quarto.
Dormiam.
As mãos do homem nos seios da mãe.
O delegado até entendeu.
Deu-lhe dois tapinhas nas costas.
– Senta aí, moleque.
Chamou o escrivão.
Disse:
- Escreve aí.

Dani Balaloka

Dani, o Balaloka, me contou no ponto de ônibus:
- Deu-me amor parcelado, sem juras e sem juros.
– Ficou com ela?
- Achei bom negócio.

Fé

Na madrugada, o carro furou o farol, perdeu o rumo e matou três na calçada.
Por coerência, destruiu-se num muro.
A polícia chegou e viu o carro moído.
Só deu pra ler no vidro de trás: “esse carro é guiado por Deus”.

A mudança de Ubaldino

Murou as janelas que dão pra rua.
Cadeados no portão alto, cortinas fechadas.
Ruínas no casarão.
Amigos dizem que acolheu uma pós-graduanda que deseja transformá-lo em tese.
E, ao que parece, já não se relacionam mais apenas em tese.
Acusam, os amigos, que ela virou dona do homem da esquina.

Manias o homem sempre teve.
A sauna ali perto. Era um puteiro.
Lutou, ironia de vida e obra, até acabar com a casa.
E lutou, também, Deus do céu e da terra, até remover uma igreja evangélica colada às suas paredes.
Amaldiçoou a polaquinha e abraçou a viuvez como se abraça uma amada amante.

Recorreu, na surdina, às autoridades competentes.
Mudou o ponto de ônibus à porta de sua casa, blasfemou contra o estádio, erguido quase ao lado, rogou pragas à torcida dos alemães: corruíras ducaralho, maritacas bêbadas, desgracidos, disse – ah, malditas, soltavam fogos em dia de jogo e assombravam a cadelinha que virou conto.
Cansou.
Mudou.
Subiu para o último andar.

Vampirinho

Viu que estava morta.
Mortinha.
Tetê, a criança: durinha no chão do quarto.
Socorro, chamou pela mulher.
- Ela caiu da cama – explicou.
O IML desmentiu:
fratura na coluna, hematomas, escoriações e edemas pelo corpo.
Uma garrafada na cabeça.
Deu umas bicas.
Pisou.
Percebeu logo:
Tetê, a criança, estava morta.
L. então pediu ajuda da mulher, R., pra desovar o corpo.
– Um anjo de vitral – disse a mulher.
– Moído – respondeu o homem.
Foram pra Antonina, jogar o cadáver no mar.
Cortaram e guardaram uma mecha de cabelo de Tetê, a criança, a filha.

O réptil

Robertinho, o Asmodeu das redações, desliza nas pontinhas dos pés entre mesas e olivettis. Dizem – num sopro aos ouvidos - é uma barata, é uma bailarina. É um filho da puta. Voa, voa - erva daninha ao vento. Serelepe, ziquizira, embaçado, espalha rodinhas, zicado no pedaço. Muar empalhado num terno vistoso. Gravatinha que roçou nos segredos do pecado. Sapatinho roto, amassado, cromo rachado; ah, os azares de palmilhar a noite em busca da santa felicidade. Pernas finas: perninhas de inseto. Dos dentinhos pequenos, de ratazana de engorda, pende um cachimbo encardido e fedorento. Braços secos como pernas de saracura. É um filho da puta? Não: vai de quatro, empoeirando as mãozinhas, lascando cotovelos e joelhos, se arrasta com a barriga nos tacos de madeira, serpenteando, viscoso - sabiamente a natureza não lhe deu o direito de bípede, é um réptil peçonhento.

O cabeça de manga

CM, o Cabeça de Manga, olha tudo com seus olhos egoístas do alto de um edifício da Avenida Paulista. Está à beira da morte. Espalha o corpo em decomposição numa cadeira de sua gigantesca sala, com janelões debruçados sobre a Alameda Santos. Há à sua frente uma mesa enorme e vazia. Contempla a morte com o mesmo sentimento de uma vaca a caminho do matadouro. Fez um acordo com o fim, talvez, descobrindo tardiamente que nunca valeu nada. É dono de uma revista decadente. Roga por publicidade aos pés de meia dúzia de clientes. Um ex-funcionário penhorou sua gráfica. O credor pode fechar a revista, se quiser. Basta desligar as máquinas. Não faz porque, ainda que vítima, tem pena do velho doente, no leito de morte.

O pai de CM teve um filho com a telefonista do jornal. Nasceu um anão. Revoltado, sem direito a herança. O anão rouco, irmão bastardo, brocha, casou com uma cantora da era do rádio. Esquecida em casa, drogada, lançou as cartas: acolheu um pai de santo.

CM passa a mão no pau e não acha nada. Resignado, eis o moribundo, arrancaram-lhe a próstata e abriram um túnel cu adentro. Caga - e a merda lhe escorre pela perna. Trouxe fraldões de Miami. CM é um canalha de Nelson Rodrigues. Casou com uma mulher roubada do turquinho. Até aí, normal, acontece toda hora, mas não precisava gastar tinta do jornal, em quatro cores, para enxovalhar o inimigo para o resto da vida. No câmbio paralelo, bancou Cleinice, a garota propaganda do tempo da TV a lenha, e comeu a prima morena, dissimulada, de fala mole, que sussurra como puta às 3 da manhã no Café Photo.

CM, embora tenha passado pelas salas de um fino colégio religioso, é analfabeto funcional. Pronuncia-se por voz, pena e teclado dos outros. Aluga a tecla de um poeta menor, parnasiano e mau caráter, um zumbi com a face de Cristo, para disseminar seu pensamento – o moribundo não vale um churrasquinho de gato.

O diagramador

Encontrei o diagramador numa rua da Vila Madalena. O sujeito mora lá, eu estava em busca de uma livraria. A face horrível de sempre, a irremovível ironia nos olhinhos miúdos, asnáticos e fumeiros. Um risinho sórdido e contido no canto da boca. O diagramador vive ali porque supõe que respirar o ar local, inspira. Descortês, sujou P., meu amigo, com seu vocabulário de bolso. Tentou me desqualificar algumas vezes. Zombou cruzando histórias e remetendo recados. Eis a marca registrada do parvo. De brinde, risinhos.

O diagramador, inimigo do vernáculo e das boas ideias, me contou que A. e J. receberam um ultimato na universidade. Ou defendiam tese, obtinham titulação ou caíam fora. O diagramador, que viveu a vida em garranchos, tinha se arranjado com uma tese mequetrefe – o que é regra na universidade brasileira. Parecia extasiado com o perrengue dos colegas.

– É isso mesmo, eles são obrigados a fazer tese pra ficar.

A., um tipo malvestido e mal-humorado, até prestou bons serviços à inteligentsia brasileira ao criar e dirigir uma boa revista. Tentou a literatura, mas foi abatido pela própria mediocridade. Vivia, sozinho, num asfixiante cafofo na Avenida São João. Era um homem sem qualidades. J., comunistão, sindicalista, pragmático, havia sido um bom repórter de jornalões.

O diagramador se despediu. Olhei para trás. Lá ia o diagramador: camisa de flanela, quadriculada, sobre os ossos visíveis que lhe conduzem. Caminhava em cima de um Nike vermelho, com uma pastinha rota no sovaco e uma substância sólida colada no cu seco do jeans desbotado. Passinhos lentos, aos solavancos, no estilo samba de breque - um velhote canalha. Um hippie anacrônico. Um arroto de gente.

Zé do Caixão

páginas de um diário

Sábado, 13 de agosto de 2022 13h14

Existiu um Zé do Caixão na província onde nasci. Ia espiá-lo em seu ofício. Estranho, arredio, olhos esbugalhados. Soube que tinha família, mulher e filhos. Nunca os vi. Não parecia cultivar amizades. A imagem ficou: madrugada adentro, era passar por lá, e certeza, ali estava sentado numa mesa, no centro de uma roda de caixões, cores e adornos, alças de metal prateado ou não, círios apagados, coroas de flores, lendo o Estadão e até a lista de telefones, à espera de mais um defunto. Enterrou isso e aquilo, prefeitos, médicos, advogados, o carteiro, o violeiro, o agiota, a puta, a cafetina, a miss, a normalista, o louco apaixonado que matou o amante e chorava em seu túmulo. Um dia, na sala lúgubre, alguém precisou escolher um caixão especial. Eu quis ver a foto encomendada ao coveiro. Fui ao cemitério. Não encontrei o túmulo.

Bem mal

Era um homem bom.
Um perigo.

Prece

De joelhos, sangrando,
mirou o calcanhar rachado do ladrão, fugindo:
- Obrigado.